Doris Ohmer

Ich flieg` wohin ich will

Entspannungsgeschichten für Kinder

LIER-VERLAG

Doris Ohmer:
Ich flieg` wohin ich will
Entspannungsgeschichten für Kinder

1. Auflage 1996: 1. bis 3. Tausend

Copyright
LIER-VERLAG
Wege zur Wahrnehmung + Chance im Sein
Alle Rechte vorbehalten!

Über den allgemeinen Buchhandel
oder Direktbezug auf Rechnung:

LIER-VERLAG
Postfach 1206
D- 88169 Weiler

Tel. 08387-8601
Fax: 08387-8409

Satz und Gestaltung: Reinhard Lier
Umschlagillustration und Zeichnungen: Uwe Salziger
Lektorat: Jürgen Herrmann
Druck: Steinmeier, Nördlingen

ISBN: 3-929240-16-5

Inhaltsverzeichnis

Vorwort für Eltern	4
Einführung für jüngere Kinder	12
Der Ausflug des Marienkäfers	15
Liliane, die Blumenfee	18
Albert, der Hamster	21
Das Zauberbett	24
Das Igelmädchen Ina	27
Ina bekommt Geschwisterchen	30
Mein Lieblingstier	32
Reise ins Märchenland	35
Die freundliche Wolke	38
Einführung für ältere Kinder	41
Die Trauminsel	48
Im Regenbogenland	51
Sternenhimmel	54
Mein Krafttier	57
Stern des Mutes	60
Der Zaubermantel	64
Die Reise mit dem Delphin	67
Das Spiel der Delphine	70
Literaturempfehlungen und Anmerkungen	72

Vorwort für Eltern

Diese Entspannungsgeschichten sind aus der praktischen Arbeit mit vielen Spiel- und Entspannungsgruppen aller Altersstufen entstanden (1). Mein Anliegen mit diesem Buch ist ein Zweifaches:

Zum einen halte ich es für wichtig, Kinder frühzeitig mit Möglichkeiten, selbständig zur Ruhe und Entspannung zu kommen, vertraut zu machen – nach dem Motto „Hänschen lernt viel leichter als Hans". Dem Zustand chronischer Anspannung, an dessen Folgen heute viele Erwachsene leiden, kann erfolgreich vorgebeugt werden. Man muß später als Erwachsener nicht erst mühselig negative Gewohnheiten ausmerzen, sondern kann auf positive Erfahrungen zurückgreifen.

Der zweite wichtige und sehr viel komplexere Grund liegt für mich darin, die Kinder /Jugendlichen dabei zu unterstützen, ein Gegengewicht gegen den Aktionismus und die rasant zunehmende Reizüberflutung – wie etwa durch Fernsehen, Videos, Computergames – zu entwikkeln. Die Flut der Bilder von außen kann nicht mehr ausreichend verarbeitet werden. Diese unverarbeiteten Eindrücke akkumulieren im Unterbewußtsein und tragen ihren Teil bei zu den bei immer mehr Kindern zu beobachtenden Schwierigkeiten wie Konzentrations- und Lernstörungen, Einschlafprobleme, Hyperaktivität und Aggressivität. Entspannungsübungen und Phantasiereisen ermöglichen den Kindern innezuhalten, zur Ruhe zu kommen und ihren eigenen inneren Raum wahrzunehmen. Dies wiederum ist Voraussetzung, um einen Zugang zur eigenen Phantasie und Kreativität zu finden. Eigene Bilder können sich hier frei und ohne Druck von außen entfalten. Entspannungsgeschichten dienen der Entwicklung des eigenen schöpferischen Potentials. Ebenso vermitteln sie auch ein Gefühl der Sicherheit, das darauf beruht, daß die eigene Innenwelt immer vertrauter wird und nicht, wie so oft in unserer heutigen Zeit, durch noch mehr Aktivitäten, noch höhere Geschwindigkeiten, noch schnelleres Jagen nach äußeren Dingen betäubt oder übergangen wird. Solchermaßen gestaltete Entspannungsübungen wirken sich positiv auf viele Fähigkeiten und Eigenschaften aus, wie zum Beispiel Konzentration, Gelassenheit, Selbstvertrauen, Selbständigkeit, Kreativität und führen nicht zuletzt zu mehr innerer Harmonie und einer größerer inneren Lebendigkeit. (2)

Durch die Verbindung von Entspannungsübungen und Phantasiereisen setzen wir anstelle einer bedenklichen Fremdbestimmung die schöpferische Phantasie des Kindes, die für die geistig-seelische Entwicklung unerläßlich ist.

Zur Gliederung des Buches

Das Buch ist in zwei Teile gegliedert: Teil I richtet sich vorwiegend an jüngere Kinder (5-8 Jahre), Teil II an ältere Kinder und Jugendliche.

Diese Zweiteilung ergibt sich sowohl aus inhaltlichen als auch aus strukturellen Gründen. Die Phantasiereisen für jüngere Kinder sind meist kürzer, inhaltlich einfacher und in der Führung der Phantasie geschlossener gehalten. Hingegen haben die Phantasiereisen für ältere Kinder einen freieren Aufbau. In ihnen kommen auch Elemente der Imagination und des katathymen Bilderlebens nach Leuner zum Tragen. Hier bekommt die eigene Phantasie einen größeren Spielraum eingeräumt, womit jüngere Kinder überfordert wären.

Warum Entspannungsgeschichten bzw. Phantasiereisen?

Das Vorstellungsvermögen der Kinder ist bildhaft. Deshalb ist es sinnvoll, Anleitungen zur körperlichen Entspannung in Geschichten einzuflechten. Entspannung wird somit spielerisch, leicht und phantasievoll und lädt die Kinder ein, diese Zeit der Ruhe und Stille zu genießen. Die Entspannungsformeln orientieren sich hauptsächlich am AUTOGENEN TRAINING und beziehen sich im wesentlichen auf Ruhe, Schwere, Wärme und den Atem. Doch werden auch andere Entspannungsmethoden miteinbezogen.

Auch allgemeinere Sätze mit positivem Inhalt fördern und vertiefen das Gefühl von Ruhe und Entspannung:

* Ich fühle mich ganz frei und gelöst.
* Leicht und heiter treibe ich dahin.
* Ich fühle mich ganz sicher und geborgen.
* Ich fühle mich wohl wie ein Fisch im Wasser.
* Ich fühle mich frei wie ein Vogel in der Luft.

Die Wechselwirkung zwischen Vorstellungen /Gedanken und körperlichen Reaktionen kennen Sie sicherlich aus eigener Erfahrung. Schon allein der Gedanke an eine unangenehme Aufgabe, an ein schwieriges Gespräch oder an den Arzt- /Zahnarztbesuch führen nachweislich zu veränderten vegetativen Funktionen (das vegetative Nervensystem regelt die unwillkürlichen Körperfunktionen wie Atmung, Herztätigkeit, Verdauung, Stoffwechsel, Hormonausschüttung usw.). Machen Sie einen kleinen Versuch: Stellen Sie sich ganz intensiv und detailliert eine für Sie schwierige Situation vor ... Was passierte? Welche Veränderungen in Ihrem Körper haben sie wahrgenommen? Hat sich vielleicht Ihr Atem verändert? Wurde er schneller, flacher, unregelmäßig oder haben Sie ihn angehalten? Wie spürten Sie Ihr Herz? Hatten Sie einen Druck im Magen?

Dies ist ein Beispiel für die negativen Auswirkungen von Streß und zeigt sehr anschaulich, daß Körper, Seele und Geist eine Einheit bilden. Unsere Gedanken und Gefühle haben Auswirkungen auf den Körper. Genau dieses Wirkungsprinzip kann man auch positiv einsetzen. Denken Sie nun an etwas Schönes, vielleicht an ein Erlebnis, bei dem Sie sich rundherum wohl gefühlt haben ... Spüren Sie nach, was sich nun in Ihrem Körper verändert. Wie nehmen Sie nun Atem, Herz und Magen wahr?

Ebenso haben positive Bilder eine wohltuende Wirkung auf den ganzen Organismus. Sie sind wie kleine Oasen in unserem oft hektischen Alltag und fördern Entspannung auf allen Ebenen.

Wie können Entspannungsgeschichten eingesetzt werden?

Nicht nur jüngere, auch ältere Kinder mögen es, wenn man ihnen eine Geschichte einfühlsam vorliest oder nacherzählt. Es tut Ihrem Kind gut, wenn sich ein Familienmitglied Zeit für es nimmt und sich ihm zuwendet. Oft werden Kinder – aus den verschiedensten Gründen – sich selbst überlassen. Diese Tendenz wird noch zusätzlich durch einen weiteren Faktor verstärkt, nämlich der Technisierung, die schon längst in Kinderzimmer Einzug gehalten hat: Audio- und Videokassetten sowie Computergames gehören fast zur selbstverständlichen Grundausstattung. Ohne hier einen Bannspruch gegen diese technischen Errungenschaften zu fällen, möchte ich lediglich einen Anstoß zum Nachdenken geben: Wie sieht es mit der eigenen Kreativität des Kindes aus? Kann es sich auf das bloße gesprochene Wort, das nicht durch technische Hilfsmittel und/oder Musik aufgepeppt ist, einlassen? Kann es noch die Kraft des Wortes und der Bilder in seinem Innern erleben und fühlen? Hierin liegt auch eine Chance für Sie als Elternteil, sich mit Ihrem Kind „auf die Reise nach innen zu begeben", es zu begleiten und es in seiner Kreativität zu fördern und zu stärken.

Das Schaffen eines festen Entspannungsrituals fördert nicht nur eine ruhigere Haltung des Kindes, sondern trägt auch zu einer entspannten häuslichen Atmosphäre bei. Welche Zeit am besten für eine Entspannungsphase ist, hängt von verschiedenen Faktoren ab. Oft ist die Zeit kurz vor dem Einschlafen am geeignetsten, insbesondere wenn Ihr Kind Probleme beim Einschlafen hat. Das tägliche Ritual der 'Gute-Nacht-Geschichte' erleichtert das Umschalten von Aktivität auf Ruhe und rundet den Tag ab. In diesem Fall wird die 'Rücknahme' natürlich nicht durchgeführt.

Eine andere Möglichkeit ergibt sich häufig am frühen Nachmittag, wenn Ihr Kind müde von der Schule ist und noch nicht wach und aufmerksam genug für die Hausaufgaben. Nach einer solchen Entspannungsphase können die Hausaufgaben viel leichter, konzentrierter und schneller erledigt werden.

Ideal wäre es, wenn Sie einen bestimmten, immer wiederkehrenden Ablauf für die Entspannungsphase finden könnten, das heißt ungefähr zur gleichen Zeit, im gleichen Rahmen, den Sie ansprechend gestalten und wo sich eine

Atmosphäre der Stille ausbreiten kann: zum Beispiel können Sie vorher eine Klangschale anschlagen und dem Verklingen des Tones lauschen oder Sie zünden eine Kerze an, trinken erst einmal gemeinsam eine Tasse Tee u.v.m.

Dieses Ritual unterstützt das Umschalten der Aufmerksamkeit von außen nach innen sowohl bei dem Kind als auch bei Ihnen. Denn wenn Sie selbst innerlich nervös, hektisch und auf dem Sprung sind, können Sie Ihrem Kind kaum dabei helfen, zur Ruhe zu kommen. Sorgen Sie auch dafür, daß Sie während der „Entspannungsstunde" nicht gestört werden: Stellen Sie das Telefon ab und erinnern Sie durch ein Türschild andere Familienmitglieder an die Entspannung.

Das tägliche, regelmäßige Üben fördert den Erfolg. Unterstützen Sie Ihr Kind dabei, ohne es jedoch unter Druck zu setzen. Die Freude und ein angenehmes Gefühl sollten bei der Entspannung im Vordergrund stehen.

Wie werden die Geschichten vorgelesen?

Lesen Sie mit ruhiger Stimme die Geschichte **langsam** vor. Machen Sie viele Pausen, damit Ihr Kind Gelegenheit hat, in die Geschichte hineinzukommen und sie mit eigenen Bildern auszuschmücken.

Beenden Sie die Entspannungsgeschichte mit der RÜCKNAHME – außer Sie lesen sie vor dem Einschlafen vor. Das Kind soll kräftig Hände, Arme und Füße bewegen und sich wohlig räkeln, damit der Kreislauf angeregt wird und es wieder ganz in die Gegenwart kommt.

Manchmal kann es insbesondere bei kleineren Kindern vorkommen, daß sie während der Entspannungsphase unruhig werden. Dies kann verschiedene Ursachen haben: möglicherweise war die Geschichte zu lang. Dann können Sie diese entsprechend kürzen. Oder Ihr Kind hat noch nicht die richtige Entspannungshaltung gefunden. Probieren Sie verschiedene Haltungen mit ihm aus; zum Beispiel kommt es ab und an vor, daß sich ein Kind nicht hinlegen mag. In diesem Falle wäre eine Kuschelecke eine Alternative, wo es sich bequem hinsetzen kann. Eine weitere mögliche Ursache könnte darin bestehen, daß das Kind einfach noch zu erfüllt ist mit Ereignissen der Schule bzw. des Tages. Bevor es ruhig werden kann, braucht es die Möglichkeit, sich alles von der Seele zu reden, was es beschäftigt.

Aufbau einer Entspannungsstunde

Es gibt verschiedene Möglichkeiten, Entspannungsübungen mit Kindern durchzuführen. Eine davon, die sich in der Praxis bewährt hat, ist der dreiteilige Aufbau: Vorbereitungs-, Entspannungs- und Nachbereitungsphase. Dies erfordert viel Zeit und ist sicherlich nicht immer im Alltag durchführbar. Das Schwergewicht sollte auf den Entspannungsübungen liegen, die täglich durchgeführt werden können. Trotzdem möchte ich Ihnen ein paar Anregungen für gelegentliche ausführlichere Entspannungsstunden nicht vorenthalten.

Bei Kindern ist der Bewegungsdrang sehr groß. Deshalb empfiehlt es sich, vor der eigentlichen Entspannung eine Spielphase für Bewegungsspiele, Lockerungsübungen aus dem Yoga usw. einzuschalten. Auf diese Weise kann sich der besonders bei Schulkindern durch stundenlanges Sitzen angestaute Bewegungsdrang auflösen.

Hat sich Ihr Kind ausgetobt, gibt es verschiedene Möglichkeiten, die Energie weiter von außen nach innen zu lenken und so zur Entspannung in organischer Weise hinzuführen. Spiele zur Schulung der Sinne, der Körperwahrnehmung oder auch meditative Übungen eignen sich besonders gut, weil sie die Aufmerksamkeit fokussieren und dadurch ganz von selbst eine Beruhigung eintritt. Ein Beispiel dazu möchte ich Ihnen an die Hand geben. Mit Stilleübungen können Sie gemeinsam mit Ihrem Kind neue Erfahrungen sammeln, dies umsomehr, als es in unserer heutigen Zeit draußen kaum noch Stille gibt und auch wir nicht mehr still sein können. Doch wenn sie für eine kurze Weile (bei jüngeren Kindern mag das nur eine Minute sein) wirklich still sind, werden Sie erfahren, wie unterschiedlich Stille sein kann. Fordern Sie dazu Ihr Kind auf, innerhalb einer festgelegten Zeitspanne alle Geräusche wahrzunehmen, die es im Zimmer hören kann (Varianten: alle Geräusche draußen auf der Straße, in der Natur oder in sich selbst). Vergleichen sie danach Ihre eigenen Beobachtungen mit denen des Kindes.

Eine weitere sehr schöne Möglichkeit besteht darin, zunächst in die Stille zu gehen und dann einem einzelnen Ton oder einer kurzen Melodie zu lauschen. Es ist insbesondere für jüngere Kinder sehr eindrucksvoll zu erleben, wie sich vor dem Hintergrund der Stille ein Ton entfaltet. Mit solchen oder ähnlichen Übungen können Sie gemeinsam erfahren, wie lebendig Stille sein kann.

Daran schließt sich die Hauptphase der Entspannungsgeschichten an – wie oben beschrieben. An dieser Stelle möchte ich Sie dazu ermutigen, selber mit den Geschichten kreativ umzugehen, das heißt sie nach den Bedürfnissen Ihres Kindes abzuwandeln. So können Einleitungs- und Hauptteile verschieden miteinander kombiniert werden, oder Sie nehmen die Geschichten als Anstoß, um eine ganz individuell auf Ihr Kind abgestimmte Geschichte zu erfinden – als ein Geschenk ganz besonderer Art.

Zum Schluß kommt eine Phase des Ausklangs. Besonders jüngere Kinder lieben es, im Anschluß an die Entspannung ein Bild zu der Phantasiereise zu malen. Dabei wird dem Teil der Geschichte Raum und Gestalt gegeben, der das Kind am meisten berührt hat. Außer dem Malen gibt es noch weitere kreative Möglichkeiten, den inneren Eindruck auszudrücken: Modellieren mit Ton, Gestalten mit verschiedenen Materialien, Ausdruck in Gebärden etc. Oder Sie lassen Ihr Kind einfach frei erzählen, wie es sich gefühlt und was es erlebt hat. Hören Sie Ihrem Kind, das Ihnen einen Einblick in seine Innenwelt gewährt, mit Interesse zu und halten Sie sich dabei mit Deutungen bzw. Wertungen zurück. Wichtig ist es, auch in dieser Phase noch darauf zu achten, daß die ruhige, entspannte Atmosphäre erhalten bleibt.

Einführung für jüngere Kinder

Dies ist ein Buch zum Träumen und Entspannen. Sicher weißt Du, was Träumen ist. Wenn Du schläfst, kommen die Träume auf geheimnisvolle Weise zu Dir.

Aber weißt Du auch schon, daß Du tagsüber etwas Schönes träumen kannst, wenn Du nicht schläfst? Ja, das geht. Gerade, wenn Du müde bist, Dich mal nicht so gut fühlst oder einfach etwas Schönes erleben möchtest, dann ist es Zeit für eine "TRAUM-STUNDE", bei der Du auf eine wunderbare Traumreise gehst. Dabei reist Du in Deine innere Welt, in der alles möglich ist, was Du Dir nur vorstellen kannst. So kannst Du Dich zum Beispiel in ein Tier verwandeln, fliegen oder mit Feen sprechen. Die Traumreise hilft Dir, Dich zu entspannen, und danach fühlst Du Dich rundherum wohl und bist wieder frisch und munter.

Ich verrate Dir jetzt, was Du tun mußt, damit Du jederzeit, wenn Du Lust dazu hast, auf eine Traumreise gehen kannst.

Suche Dir einen ruhigen und kuschligen Platz, wo Du nicht gestört wirst. Das kann in Deinem Zimmer sein, wo Du Dich auf Dein Bett legst, oder Du machst es Dir in einem Sessel bequem. Am schönsten ist es, wenn Dir jemand die Geschichte ganz langsam vorliest. Bestimmt findest Du jemanden, der das gerne tut: eines Deiner älteren Geschwister, Oma, Opa, Mami oder Papi. Dann schließe Deine Augen. Um Dich herum ist Ruhe, und auch Du wirst ruhig, ganz ruhig. Manchmal gelingt es nicht gleich, die Augen zuzulassen und ruhig zu werden. Dann habe etwas Geduld und lausche Deinem Atem, und laß Deinen Atem allmählich leise und sanft werden, so wie wenn Du ganz vorsichtig und zart die vielen, vielen kleinen Fallschirmchen einer Pusteblume wegpustest. Nun gehst Du auf eine schöne Traumreise.

Stelle Dir die Geschichte lebhaft vor, schlüpfe richtig in sie hinein, so daß Du zum Beispiel wirklich das Gefühl hast, den Sand unter Deinen Füßen zu spüren oder den Duft der Kräuter und Blumen einer Sommerwiese zu riechen. Am Anfang der Geschichten heißt es oft, daß Arme und Beine schwer werden. Wenn Du Deine Arme ein bißchen anhebst, sie eine kleine Weile oben hältst und sie dann wieder sanft zum Boden zurücksinken läßt, spürst

Du, wie schwer sie sind. Probiere das gleiche mit Deinen Beinen aus. Je länger Du sie oben hältst, desto schwerer werden sie, vielleicht sogar so schwer wie bei einem Elefanten. Wenn es heißt, Arme und Beine sind schön warm, dann kannst Du Dir vorstellen, daß Du an einem kalten Tag ein schönes, warmes Bad nimmst, und Du erinnerst Dich, wie Dein ganzer Körper herrlich warm wird. Bestimmt hast Du noch andere Ideen, wann sich der Körper besonders schwer oder warm anfühlt.

Am Ende der Traumreise atmest Du ein paar Mal tief ein und aus. Strecke Arme und Beine und räkle Dich wie ein Kätzchen, damit du wieder ganz wach und munter wirst.

Zum Schluß kannst du noch ein Bild von Deiner Traumreise malen. Wähle dazu den Teil aus, der Dir am besten gefallen hat.

Ich wünsche Dir viel Spaß und eine schöne Reise!

Der Ausflug des Marienkäfers

Lege Dich auf den Rücken, schließe Deine Augen und stell Dir vor, daß Du Dich in einen kleinen Marienkäfer verwandeln kannst. Du bekommst rote Flügel mit schwarzen Punkten darauf, Fühler wachsen und Arme und Beine verwandeln sich in Käferbeinchen.

Jetzt streckst Du Deine Käferbeinchen hoch in die Luft und strampelst, erst langsam, dann etwas schneller, noch ein bißchen schneller, und dann so schnell Du kannst. Die Käferbeinchen werden ganz müde, und Du läßt sie zurück auf den Boden sinken. Sie sind jetzt ganz schwer, so schwer wie Blei, und Du liegst ganz ruhig und entspannt auf dem Boden. Du träumst, wie

Du als kleines Marienkäferchen Deine Flügel ausbreitest und durch das Fenster des Zimmers auf und davon fliegst. Ganz leicht bist Du, und wie von alleine gleitest Du ganz ruhig durch die Luft. Ein herrliches Gefühl ist das. Du freust Dich und lachst – jetzt weißt Du, daß auch Marienkäfer lachen können. Nur wenn man ganz, gaanz, gaaanz leise ist, kann man es manchmal hören.

Du fliegst über eine Wiese. Für einen Marienkäfer sieht die Wiese von oben ganz anders aus, viel größer. Die Grashalme sind fast so groß wie Bäume. Dazwischen siehst Du Blumen: rote, gelbe, weiße, blaue. Eine ist besonders schön, und Du fliegst auf sie zu und landest vorsichtig mitten auf einem Blütenblatt. Hm, gut riecht es hier, und das Blatt ist weich und zart wie Samt. Es ist so schön, sich von der Blume sanft wiegen zu lassen. In der Mitte der Blume siehst Du ein paar Tautropfen. Und weil Du Durst hast, schlürfst Du einfach ein bißchen von dem Tau. Wunderbar schmeckt er. Der Tau ist ein richtiger Muntermacher: ein Tröpfchen und Du fühlst Dich ganz frisch.

Fröhlich und munter fliegst Du wieder in Dein Zimmer zurück. Du verwandelst Dich wieder in Dich selbst, spürst, wie Du daliegst und bewegst ganz fest Hände und Füße, öffnest die Augen und räkelst Dich wie ein Kätzchen ...

✸ ANREGUNG
Wenn Du Lust hast, male einen Marienkäfer oder ein schöne Wiese.

♦ WEITERFÜHRUNG

Das Kind mit allen seinen Sinnen eine Wiese erleben lassen. Am besten barfuß über die Wiese laufen, auch mit geschlossenen Augen - zu verschiedenen Tageszeiten, vielleicht auch mal ganz früh morgens, wenn noch der Tau auf dem Gras liegt.

Es dazu anregen, sich die verschiedenen Wiesenblumen anzugucken, an ihnen zu riechen, sie vorsichtig anzufassen. Wie spürt es die Blume, wenn es die Augen geschlossen hat?

Liliane, die Blumenfee

Lege Dich ganz bequem hin und schließe Deine Augen. Dann hebe beide Arme leicht an ... und halte sie eine kleine Weile oben. Spüre, wie schwer die Arme werden. Lasse sie wieder sanft nach unten sinken. Ganz schwer liegen die Arme auf dem Boden. Ah, das tut gut.

Dann hebe beide Beine leicht an ... und halte sie eine kleine Weile oben. Spüre, wie schwer die Beine werden. Lasse sie wieder sanft nach unten sinken. Ganz schwer liegen die Beine auf dem Boden. Das tut gut. Ziehe beide Schultern nach oben, bis zu den Ohren. Halte sie dort ein Weilchen, und dann lasse sie wieder sanft nach unten sinken. Ganz entspannt sind die Schultern nun. Das tut gut. Dein ganzer Körper ist angenehm schwer und entspannt. Ganz locker und gelöst liegst Du da und träumst ...

... daß Du an einen Waldrand kommst. Dort entdeckst Du eine wunderschöne blaue Glockenblume. Doch was glitzert denn da auf dem Waldboden? Viele kleine, glänzende Perlen liegen hier zerstreut. Während Du sie genauer betrachtest, hörst Du ein ganz leises Weinen. Verwundert schaust Du auf. Wo das wohl herkommen mag? Etwa von der Blume? Tatsächlich, es kommt aus dem Kelch der Blume. Du schaust genauer hin und traust Deinen Augen kaum. Mitten in der Blume sitzt ein wunderschönes Wesen, ein winziges Mädchen, nicht größer als Dein kleiner Finger. Tränen laufen ihm über das Gesicht, fallen auf den Boden, wo sie als weißglänzende Perlen liegen bleiben.

Verwundert fragst Du das Mädchen, wer es sei? "Ich bin Liliane, die Blumenfee", antwortet sie. Warum sie denn weine, willst Du wissen. "Siehst Du denn nicht, wie sehr meine Blume schwankt", erwidert sie. "Gestern nacht hat ein starker Sturm sie fast entwurzelt." Erst jetzt siehst Du, daß sich die Blume ganz stark zur Seite neigt. "Hör auf zu weinen", tröstest Du Liliane. "Ich will dir helfen." Und Du holst Erde, die Du vorsichtig um den Stengel der Blume verteilst und sie dann leicht andrückst, damit die Wurzeln wieder einen Halt haben.

Ein glückliches Lächeln gleitet über Lilianes Gesicht. Sie strahlt Dich an und sagt: "Weil Du so ein liebes, hilfsbereites Kind bist, schenke ich Dir zum Dank eine meiner kostbaren Perlen, und wenn Du mich brauchst, komme ich und helfe Dir." Du suchst

Dir eine besonders schöne, sanft schimmernde Perle aus und nimmst sie in die Hand. Oooh, die Perle schmilzt. Doch in Deiner Handinnenfläche hast Du ein schönes, warmes Gefühl. Dieses Gefühl wird Dich immer an Liliane, die Blumenfee, erinnern. Jedes Mal, wenn die Innenseite Deiner Hand warm wird, weißt Du, daß Liliane gerade in Deiner Nähe ist. Auch wenn Du sie nicht sehen kannst, ist sie doch da.

Zufrieden und mit diesem guten Gefühl kommst Du wieder hierher in diesen Raum zurück. Du ballst die Hände zu Fäusten, winkelst die Arme ganz fest an, holst tief Luft, gähnst, öffnest die Augen und streckst und räkelst Dich wie eine Katze.

✹ ANREGUNG
Schau im Garten, Park, auf der Wiese nach, welche Glockenblumen es gibt.

Hast Du schon einmal eine Perle gesehen oder in der Hand gehabt? Nimm mit geschlossenen Augen eine Perle in die Hand und spüre, wie sie sich anfühlt.

Verwandle Dich in eine Fee. Mit schönen, bunten Tüchern ist es ganz einfach. Vielleicht bastelst Du Dir dazu einen goldenen Reif aus glänzendem Goldpapier.

Albert, der Hamster

Lege Dich bequem hin und schließe Deine Augen. Alles um Dich herum wird nun für eine kleine Weile ganz unwichtig. Spüre, wie Du atmest, ruhig ein – und ausatmest. Stelle Dir vor, auf Deiner Nasenspitze sitzt ein Käfer, der Dich kitzelt. Versuche nun so kräftig auszuatmen, bis Du den Käfer weggepustet hast. Dann lasse Deinen Atem allmählich leiser und feiner werden, ganz leise und fein. Lege Deine Hände auf den Bauch und spüre, wie sich Dein Bauch sachte hebt und senkt, hebt beim Einatmen und senkt beim Ausatmen. Du wirst ruhig, ganz ruhig und entspannt.

Du träumst von Albert, dem Hamster. Albert ist ein hübscher Bursche mit seinem rotbraunen Fell und den hellen Backenflecken. Er wohnt inmitten eines großen Kornfeldes, genauer gesagt unter dem Kornfeld. Dort hat er sich seine Höhle gebaut.

Schon im Herbst muß sich Albert auf seinen Winterschlaf vorbereiten. Da gibt es viel zu tun für den kleinen Burschen: Zunächst muß er seine Vorratskammern füllen, damit er sich vor dem Winterschlaf ordentlich Winterspeck anfressen kann und damit auch im Frühjahr gleich etwas zu essen da ist, wenn er völlig ausgehungert aufwacht.

Unermüdlich eilt Albert im Kornfeld hin und her. Mit seinen Vorderfüßchen packt er die Kornähren, streift dann die Körner ab und stopft sie flink in seine großen Backentaschen. Lustig sieht er aus mit seinen dicken, prallen Backen. Wenn sie ganz vollgestopft sind, kehrt er in seine Höhle zurück und leert sie aus. Den ganzen Herbst über ist Albert fleißig und sammelt Getreidekörner und zur Abwechslung auch Erbsen, Karotten und Kartoffeln. Jetzt ist er gut versorgt.

Auch seine Schlafkammer ist kuschlig und gemütlich geworden. Mit feinen, zarten Strohhalmen hat Albert sie gut ausgepolstert. Das war eine Menge Arbeit, und nun ist er ordentlich müde. Er legt sich ins weiche Stroh und wird ganz ruhig. Oben auf der Erde hat der Winter eine weiße Decke über dem Kornfeld ausgebreitet, und die Geräusche der Erde werden immer leiser. Bald ist alles still um ihn herum, und er hört nur noch seinen leisen Atem, der ganz sanft ist, sanft und gleichmäßig. So schön ruhig ist es, und Albert wird schläfrig, immer schläfriger. Die Augenlider sind schwer, und die Augen fallen ihm zu. Auch seine Arme sind schwer, seine Beine sind schwer, und der Kopf ist schwer. Langsam sinkt Albert in einen tiefen Schlaf. Er schläft lange, lange; nicht nur eine Nacht, auch nicht zwei Nächte, sondern Wochen und Monate, den ganzen Winter über.

Im Frühling gelingt es einem kleinen Sonnenstrahl durch ein winziges Loch in die Schlafkammer durchzukommen. Der Sonnenstrahl kitzelt Albert an der Nase. Doch Albert schläft weiter und rümpft nur ein bißchen das Näschen. Weitere Sonnenstrahlen gelangen in die Höhle und kitzeln Albert am Bauch und an den Beinen. Davon wird Albert langsam wach. Er bewegt seine Glieder, holt tief Luft und gähnt und reckt sich und streckt sich. Ganz erfrischt und ausgeruht fühlt sich Albert nach seinem langen Winterschlaf. Wie gut, daß er so viele Vorräte hat, denn jetzt ist er hungrig wie ein Löwe.

Auch Du kommst frisch und munter wieder in Deinen Raum zurück, indem Du die Hände zu Fäusten ballst, Arme drei Mal fest anwinkelst, tief Luft holst, Augen öffnest und Dich reckst und streckst. Du fühlst Dich so erholt, als hättest Du auch einen langen Winterschlaf gemacht.

✳ ANREGUNG

Vielleicht magst Du einen Hamster mit seinen dicken, vollgestopften Backen malen.

Mit Decken und Kissen kannst Du Dir auch ein kuschliges, gemütliches Schlaflager bauen. Probiere es einfach mal aus.

Das Zauberbett

Es ist Abend, Du bist müde von einem langen Tag, an dem so viel passiert ist, und Du liegst in Deinem Bett. Hier ist es so schön weich und warm. Du nimmst Dein Kuscheltier in den Arm, drückst es ganz fest an Dich und kuschelst Dich unter die Bettdecke, bis nur noch Deine Nasenspitze hervorlugt. Doch Dein Bett ist etwas ganz Besonderes, es kann nämlich zaubern. Sobald Du die Augen schließt, nimmt es Dich und Dein Kuscheltier mit auf eine geheimnisvolle Reise. Deine Augenlider sind auch schon ganz schwer und fallen von ganz alleine zu. Arme und Beine sind schwer, bleischwer. Ganz schläfrig bist Du. Um Dich herum ist es still und ruhig, und auch Du wirst ganz ruhig, hörst nur noch Deinen leisen Atem. Und bald schon träumst Du ... Du träumst, daß Du mit Deinem Kuscheltier in einem wunderschönen, hellen und bunten Herbstwald unterwegs bist. Die Blätter leuchten in allen Gelb- und Rottönen, und wenn der Wind sachte durch die Bäume streicht, fallen Blätter herunter. Nein, sie fallen nicht einfach, sondern sie tanzen miteinander. Sie rascheln dabei, und das hört sich an, als ob sie lachen und kichern.

Wie verzaubert sieht der Wald aus, und tatsächlich, Dein Kuscheltier ist verzaubert: es kann gehen und sprechen. Jetzt sagt es gerade zu Dir: "Weißt Du, heute war ein schöner Tag." Und Du antwortest:"Ja, das stimmt. Ich bin so froh, daß ich Dich hab. Da bin ich nie alleine." "Ja, ich auch nicht", ruft Dein Kuscheltier ganz glücklich.

Auf einmal hört ihr ein tiefes Brummen. Gar nicht weit weg von euch steht ein kleiner, junger Bär, der euch mit seinen großen, schwarzen Knopfaugen anschaut. Ihr habt gar keine Angst, denn der kleine Bär ist ganz freundlich, und außerdem kennt er Dich. Er nennt Dich bei Deinem Namen und sagt: "Es ist höchste Zeit, daß ihr gekommen seid. Bald ist es Winter und ich muß meine Höhle für meinen Winterschlaf vorbereiten. Helft ihr mit, meine Höhle schön kuschlig und gemütlich zu machen?" "Na klar", nickt ihr beide und dann sammelt ihr viele, viele Blätter und einen ganzen Berg von Moos und macht ein wunderbar weiches, warmes Lager. Der Bär legt sich auch sogleich hin, denn er ist wirklich ganz müde vom langen Sommer. Schläfrig brummt er: "Krault mir bitte noch meinen Pelz, besonders hinter den Ohren. Da hab ich's am liebsten." Bald schon schnarcht der kleine Bär, puh, puuuuu, prrrruuuuu.

Auch Du und Dein Kuscheltier seid ganz schön müde. Ihr legt euch neben den kleinen Bären, kuschelt euch an sein warmes, weiches Fell und wacht erst morgen früh, gut ausgeruht, wieder in eurem Bettchen auf.

✸ ANREGUNG

Wenn Du wieder einmal im Wald spazierengehst, dann halte nach Moos Ausschau. Vielleicht entdeckst Du auf Baumstümpfen oder Felsen das Sternmoos. Streichle mit geschlossenen Augen darüber und spüre, wie weich es ist.

Das Igelmädchen Ina

Lege Dich ganz bequem hin und schließe Deine Augen. Dann lege Deine Hände auf Deinen Bauch und spüre, wie sich Dein Bauch hebt beim Einatmen und senkt beim Ausatmen, hebt und senkt. Stell Dir vor, Deine Hände sind zwei kleine Sonnen, die Deinen Bauch wunderbar wärmen. Die Sonnenwärme strömt in den Bauch, von dort in Beine und Füße, die wohlig warm werden. Sonnenwärme strömt in Arme und Hände, die wohlig warm werden. Der ganze Körper ist angenehm, wohlig warm. Du bist ruhig und ganz entspannt. Und Du träumst von einem Igelmädchen namens Ina.

Das Igelmädchen Ina lebt mit seinen Eltern und größeren Geschwistern in dem schönen, alten Garten eines großen Bauernhauses. Dieser Garten ist ein kleines Paradies für sie. Hier gibt es alles, was sie sich wünscht: Hecken und Büsche, in denen sie sich verstecken kann; eine kleine Wiese, wo sie mit ihren Geschwistern um die Wette rennt; viele Obstbäume, von denen sie am liebsten den Apfelbaum mag, denn süße Äpfel sind ihre Leibspeise. Es gibt sogar einen kleinen Bach, dessen klares, köstliches Wasser sie so gerne trinkt.

Ina ist ein kleines, neugieriges Mädchen, das immer wieder durch den Gartenzaun schlüpft. Sie möchte wissen, was es außerhalb des Gartens so alles gibt. Ja, viel Aufregendes begegnet ihr dort draußen, und vor allem wohnt auf der anderen Seite der großen Wiese Hugo, ihr Freund. Hugo und Ina gehen gerne miteinander auf Abenteuer aus.

Auch heute sind sie wieder unterwegs. Plötzlich kommt unter einem Stein eine Schlange hervorgeschossen. Sie wurde in ihrem Mittagsschläfchen gestört und ist jetzt ziemlich verärgert. Ruckartig bewegt sie ihren Kopf vor und zurück, und dabei zischt sie ganz schrecklich. Schnell rollen sich Ina und Hugo zu einer Kugel zusammen, und so sehr die Schlange sich bemüht, sie kann den beiden nichts anhaben. Die langen Stacheln sind ein guter Schutz, sogar gegen eine Schlange. Endlich hören die beiden, wie sich die Schlange zischend entfernt, und vorsichtig rollen sie sich wieder auf. Das war aufregend gewesen. So schnell es geht, laufen sie mit ihren kurzen, tapsigen Beinchen zum Bach, trinken erst einmal und bespritzen sich gegenseitig. "Das hast du prima gemacht", rufen sie sich einander zu. Dann legen sie sich ins weiche, hohe Gras und lassen sich die Sonne auf den Bauch scheinen. Das schnelle Laufen war doch anstrengend, und jetzt spüren sie, daß Arme und Beine ganz schwer sind, angenehm schwer. Sie genießen es, so träge dazuliegen. Ganz ruhig und entspannt dösen sie vor sich hin ...

Dann wird es Zeit, langsam wieder zurückzukommen, und die beiden spannen noch mal alle Muskeln an, lassen dann los und recken und strecken sich und fühlen sich ganz erholt und erfrischt.

✱ ANREGUNG

Was weißt Du über Igel? Wo leben sie? Was fressen sie?

Wie sich das wohl anfühlt, wenn man einen Igel streichelt?

Ina bekommt Geschwisterchen

Lege Dich ganz bequem hin und schließe Deine Augen. Dann lege Deine Hände auf Deinen Bauch und spüre, wie sich Dein Bauch hebt beim Einatmen und senkt beim Ausatmen, hebt und senkt. Stell Dir vor, Deine Hände sind zwei kleine Sonnen, die Deinen Bauch wunderbar wärmen. Die Sonnenwärme strömt in den Bauch, von dort in Beine und Füße und in Arme und Hände. Der ganze Körper wird angenehm, wohlig warm. Du bist ganz ruhig und entspannt und träumst von Ina, dem Igelmädchen ...

Eines Tages, als Ina wieder einmal von einem Ausflug mit Hugo nach Hause kommt, ruft ihre Mutter sie in die Schlafstube. Dort zeigt sie ihr die vier neuen Geschwisterchen. Sie sind so süß, und Ina streichelt gleich über ihre Stacheln, die noch ganz weich sind. Am liebsten möchte sie sofort mit ihnen spielen. Aber ihre Mutter sagt: "Das geht nicht. Sie sind noch zu klein, und man muß ganz vorsichtig mit ihnen sein."

Ach, seit diesem Tag ist Ina nicht mehr so glücklich. So vieles ist jetzt anders. Sie muß ruhig sein, wenn die Kleinen schlafen, und ihre Mutter hat gar nicht mehr so viel Zeit für sie, weil die Kleinen ständig Hunger haben und gefüttert werden müssen. Auch als die Verwandten kommen, stehen sie alle um ihre Geschwisterchen herum und bewundern und bestaunen diese. Früher haben sich alle nur um Ina gekümmert, ihr Geschenke gebracht und viel mit ihr gespielt. Doch nun sagen die Verwandten: "Ina, du bist jetzt ein großes Igelmädchen. Du kannst deiner Mutter helfen, den Tisch decken, dein Zimmer allein aufräumen und dies und das ..."

Es stimmt, daß sie schon ein großes Igelmädchen ist, und eigentlich ist Ina gerne groß, weil sie da viel mehr unternehmen kann. Trotzdem ist sie auch traurig. Sie weiß selbst nicht so genau, warum.

Ina läuft zu ihrem Freund Hugo und erzählt ihm alles. Dabei laufen ihr Tränen über die Wangen. Hugo tröstet sie und sagt, das kenne er auch. "Mir ging es ganz genauso, als mein kleiner Bruder auf die Welt kam. Anfangs war ich auch unglücklich. Doch dann sagte ich zu meinen Eltern, daß ich manchmal auch noch klein sei und mit ihnen spielen, lachen und schmusen möchte. Jetzt haben wir eine Kuschelstunde, meistens abends, wenn der Kleine schon schläft." Frohgemut geht Ina nach Hause, und nach dem Abendessen, als die Kleinen bereits im Bett sind, kuschelt sie sich auf dem Sofa zwischen ihre Eltern. Jetzt fühlt sie sich wohl und behaglich. Mit einem Seufzer der Erleichterung streckt sie alle Viere von sich. Ah, das ist schön. Sicher und geborgen fühlt sie sich zwischen ihren Eltern, und allmählich fallen ihr die Augen zu. So merkt sie gar nicht, wie der Vater sie in ihr Bettchen trägt, wo sie bis zum nächsten Morgen weiterträumt.

✱ ANREGUNG
Gibt es bei Dir zu Hause auch eine Spiel- und Kuschelstunde? Wenn nicht, dann überlege doch mal mit Deinen Eltern zusammen, wann ihr miteinander spielen und kuscheln könnt.

Mein Lieblingstier

Lege oder setze Dich ganz bequem auf den Boden. Lege Deine Hände auf den Bauch und beobachte, was beim Atmen mit Deinem Bauch passiert. ... Spüre, wie Dein Bauch sich hebt beim Einatmen und senkt beim Ausatmen, hebt und senkt, hebt und senkt ...

Dein Atem fließt ganz ruhig, Du atmest ruhig ein und aus, langsam und sachte. Stelle Dir eine Pusteblume vor, und dann blase leise und sanft, so daß die vielen kleinen Fallschirmchen auf und davon fliegen. Du bist ganz ruhig, ruhig und angenehm entspannt. Du schließt die Augen und träumst ...

... daß Du in einem alten, geheimnisvollen Garten bist, den eine alte, halb verfallene Mauer umgibt.

Darin stehen viele, große, knorrige Bäume. Auch Obstbäume sind darunter, und einer davon hängt voller Kirschen. Gerade als Du ein paar herrlich rote Kirschen pflücken möchtest, hörst Du über Dir ein Geräusch. Du schaust nach oben und siehst auf einem Ast einen Raben sitzen. Er hat ein schönes, schwarzglänzendes Gefieder und einen langen, schwarzen Schnabel und ist gerade dabei, sich zu putzen. Eine seiner schönen Federn fällt herunter und schwebt langsam an Dir vorbei. Just in dem Augenblick, in dem Du danach greifen möchtest, fängt der Rabe aufgeregt an zu krächzen und auf dem Ast herumzuhüpfen. "Was ist denn los?" willst Du wissen und "Wer bist Du überhaupt?" "Krah. Krah. Ich heiße Rabixa und bin ein Zauberrabe, krah, krah", antwortet der Rabe stolz. "Wenn Du diese Feder nimmst und damit Deine Nase berührst, kannst Du Dich in jedes beliebige Tier verwandeln. Und wenn Du Dich wieder in einen Menschen zurückverwandeln möchtest, brauchst Du nur an meinen Namen zu denken und hurli-purli, schon ist's passiert."

Au fein. Das hast Du Dir schon lange gewünscht, Dich einmal in Dein Lieblingstier verwandeln zu können. Schnell nimmst Du die Rabenfeder, berührst damit Deine Nase und hurli-purli schon verwandelst Du Dich in Dein Lieblingstier.

Du merkst, wie sich Arme und Beine in Pfoten, Flügel oder Flossen verwandeln, wie sich Deine Größe verändert und Deine Stimme anders wird. Du bewegst Dich wie Dein Lieblingstier und tust alles, was es gerne macht. Auch hast Du die ganze Kraft,

Schnelligkeit oder Gewandtheit Deines Lieblingstieres. Du kannst seine Sprache sprechen und verstehen. Laut rufst Du, und andere Tiere kommen herbei. Ihr spielt und balgt miteinander und habt viel Spaß. Nach einer Weile ruht ihr euch aus.

Dann wird es Zeit, wieder zurückzukommen. Du denkst an Rabixa ... und schon bist du wieder Du selbst. Du bewegst Hände und Füße, holst tief Luft, öffnest die Augen und räkelst Dich wie eine Katze. Du fühlst Dich frisch und munter wie nach einem langen Schlaf.

✽ ANREGUNG
Mache mit Deiner Familie einen Ausflug auf einen Bauernhof oder in den Zoo zu Deinem Lieblingstier.

Vielleicht hast Du Lust, mit Deinen Freunden zusammen "Zoo" zu spielen. Jeder von Euch verwandelt sich in ein anderes Tier.

Reise ins Märchenland

Setze oder lege Dich ganz bequem hin. Wir gehen jetzt auf eine Phantasiereise. Dazu brauchen wir kein Auto, keinen Bus oder Zug. Diese Reise findet innen statt, und Du brauchst nur Deine Augen zu schließen und schon kann's losgehen.

Also, schließe Deine Augen, atme ein paar Mal tief ein und aus. Dein Atem wird allmählich leiser, noch leiser, bis er ganz ruhig und sanft fließt. Lege die Hände auf Deinen Bauch und spüre, wie sich Dein Bauch hebt beim Einatmen und senkt beim Ausatmen, hebt und senkt, ruhig und gleichmäßig. Du bist ganz ruhig und gelöst und fühlst Dich gut.

Stell Dir vor, Du liegst auf einer schönen Sommerwiese. Unter Dir spürst Du den warmen Boden, und Du kannst das würzige Gras riechen. Über Dir ist ein strahlend blauer Himmel, an dem gemächlich ein paar weiße Schäfchenwolken dahinziehen. Dann bemerkst Du, wie eine größere Wolke langsam näherkommt, noch näher, bis sie neben Dir ist. Mit leiser, weicher Stimme flüstert sie Dir zu, daß sie Dich gerne in ein geheimnisvolles Land mitnehmen möchte. Du bist sehr neugierig und kletterst über den Rand der Wolke. Weich und kuschelig ist es hier, und es fühlt sich an wie Watte.

Sachte hebt die Wolke ab, und ihr schwebt immer höher. Schön ist es, durch die klare, frische Luft zu schweben. So ruhig ist es hier oben, und auch Du wirst ganz ruhig und still. Unter Dir wird alles kleiner und kleiner, bis die Dörfer und Menschen und Autos so klein wie Spielzeuge aussehen. Die Zeit vergeht wie im Fluge. Schon landet ihr sanft.

Voller Erwartung betrittst Du das geheimnisvolle Land. Da begegnet Dir ein kleines Mädchen mit einer roten Mütze. Am Arm trägt es einen Korb mit Kuchen und Wein. Freundlich grüßt es Dich. Du gehst weiter und begegnest einem Frosch, der eine goldene Kugel vor sich her rollt. Nicht weit davon marschieren sieben Zwerge an Dir vorbei. Dann kommst Du zu einem verlassenen Pfefferkuchenhäuschen. Du bist ziemlich hungrig und brichst Dir ein Stück davon ab. Hm, lekker schmeckt das. Jetzt weißt Du ganz sicher, wo Du bist: im Märchenland. Du gehst weiter und triffst noch andere Märchengestalten, und schließlich kommt Dir jemand aus Deinem Lieblingsmärchen entgegen. Fröhlich und ausgelassen spielt ihr eine Weile miteinander.

Nun ist es Zeit, zur Wolke zurückzukehren. Sie bringt Dich zur Wiese, und Du kommst wieder hierher, in Deinen Raum, zurück.

Bewege Hände und Füße, hole tief Luft, gähne, öffne die Augen und räkle Dich wie ein Kätzchen. Du fühlst Dich ausgeruht und putzmunter.

✹ ANREGUNG

Male Deine Lieblingsmärchengestalt oder spiele mit Deinen Freundinnen und Freunden Dein Lieblingsmärchen nach. Jeder sucht sich eine Rolle aus, und dann kann's losgehen. Vielleicht verändert sich dabei das Märchen, und es wird ein ganz neues daraus.

Die freundliche Wolke

Lege Dich ganz bequem hin und schließe die Augen. Dann hebe beide Arme etwas an und spüre, wie schwer sie sind. Laß sie langsam auf den Boden zurücksinken. Ganz schwer liegen die Arme nun auf dem Boden auf. Jetzt hebe beide Beine ein bißchen an und spüre, wie schwer sie sind. Laß sie langsam wieder auf den Boden zurücksinken. Ganz schwer liegen die Beine nun auf dem Boden. Arme und Beine sind ganz schwer, schwer wie Blei. Dein ganzer Körper ist angenehm schwer. Du bist ganz ruhig und gelöst und träumst.

Du gehst auf einen Berg, langsam und gleichmäßig, um Deine Kräfte einzuteilen. Zuerst gehst Du über saftige Wiesen, an einer Weide vorbei, auf der ein paar Kühe grasen. Weiter hinauf geht's durch einen kleinen Wald. Dort ist es angenehm kühl und still. Als Du wieder aus dem Wald heraustrittst, sieht die Landschaft völlig verändert aus. Zwischen den großen Felsblöcken, die verstreut herumliegen, wächst außer ein paar kümmerlichen Latschenkiefern kaum noch etwas. Bald bist Du auf dem Gipfel.

Dort angekommen, bemerkst Du eine Wolke, die am Gipfel hängengeblieben ist. Sie ist groß, weiß und sieht ganz weich aus. Du bist müde vom langen Aufstieg, und die Wolke schaut so einladend aus, wie ein weiches Federbett. Schon gehst Du auf die Wolke zu, kletterst über ihren Rand und läßt Dich mitten hineinplumpsen. Du streckst alle Glieder von Dir und fühlst Dich richtig wohl in dieser kuscheligen Wolke. Jetzt spürst Du erst richtig, wie müde Du bist. Dein ganzer Körper ist angenehm schwer. Du fühlst Dich wohl und bist ganz gelöst.

Auf einmal hörst Du Deinen Namen flüstern. Sanft wie ein Windhauch flüstert Dir die Wolke ins Ohr, daß sie Dich auf eine Reise mitnimmt, wenn Du möchtest. O ja, sehr gerne. Vorsichtig löst sich die Wolke vom Berggipfel, und ihr schwebt schwerelos durch den blauen Himmel. Unter Dir siehst Du die verschiedensten Landschaften: Wälder, Wiesen und Felder wechseln sich mit kleinen Dörfern und Städten ab. Du genießt den wunderbaren Ausblick, die unglaubliche Weite, die große Stille ... Völlig losgelöst und frei schwebt ihr weiter und weiter. Du fühlst Dich leicht und ganz geborgen in der dicken, weichen Wolke. Unterwegs begegnet ihr anderen Wolken, und dann hörst Du immer ein dunkles Murmeln. Die Wolken scheinen ihre eigene Sprache zu haben. Ja, sie können sogar lachen, dann leuchten sie ganz hell und strahlen. Und sie können traurig sein, dann werden sie dunkel, und manchmal weinen sie.

Allmählich sinkt die Sonne immer tiefer, und es ist Zeit zurückzukehren. Langsam schwebt ihr wieder zum Berg zurück. Dort läßt sich die Wolke sanft nieder und Du kletterst heraus. Du bedankst Dich für diesen wunderschönen Ausflug und läufst fröhlich den Berg hinunter.

Erfrischt und munter kommst Du hier, in Deinem Raum, an. Du bewegst kräftig Hände und Füße, öffnest die Augen, gähnst, streckst und dehnst Dich nach oben, nach unten und zu den Seiten.

✸ ANREGUNG
Hast Du schon einmal dem Spiel der Wolken zugeschaut? Wenn Du Dich an einem warmen Sommer- oder Herbsttag an einem schönen Plätzchen auf den Rücken legst, kannst Du gut beobachten, wie die Wolken ständig ihre Formen ändern. Vielleicht entdeckst Du darin ein Märchenschloß mit vielen Türmen, einen Riesen oder gar das Gesicht von einem Freund?

Einführung für ältere Kinder
Wozu brauchen wir Entspannung?

STRESS ist uns allen gut bekannt. In meinen Kursen habe ich Jugendliche gefragt, welche Situationen für sie stressig seien. Es gibt so viele verschiedene Situationen, daß ich nur ein paar davon aufzählen kann: Schule, Klassenarbeiten, Zeugnisse, Wettkämpfe; Zahnarzt; nachts alleine auf der Straße laufen; nachts alleine in der Wohnung sein; eine unbekannte Situation; Geschwister, die einem ständig nerven; ja sogar Parties. Bestimmt kennst Du auch die eine oder andere Situation, die für Dich stressig ist.

Es gibt also eine ganze Reihe von schwierigen Situationen, denen man meistens nicht ausweichen kann. Doch zum Glück gibt es Möglichkeiten, die Dir dabei helfen, Deine Anspannung, also den Streß, zu verringern und mit einiger Übung sogar ganz gelassen und locker zu bleiben.

Kennst Du die folgende Situation?

Eine Klassenarbeit, sagen wir mal in Mathe, ist angesagt, und Du hast Dich gründlich darauf vorbereitet. Du kannst alle Aufgabentypen, die drankommen sollen, lösen. Dann sitzt Du in der Schule vor dem Aufgabenblatt, und was passiert? Du wirst nervös, bekommst vielleicht feuchte Hände, Herzklopfen, ein flaues Gefühl in der Magengegend und hast einen Blackout. Plötzlich weißt Du nur noch einen Teil von dem, was Du so gut gekonnt hast. Du bist im Streß, und deswegen sind Deine Gedanken blockiert und Dein Wissen scheint wie weggeblasen zu sein. Nach der Klassenarbeit sprichst Du mit Deinen Mitschülern über die Aufgaben, und was passiert jetzt ...? Auf einmal ist Dein Wissen wieder da. Das ist wirklich ärgerlich! Doch zeigt dieses Beispiel ganz gut, daß im entspannten Zustand das Wissen zur Verfügung steht. Sicher kennst Du noch andere Beispiele aus eigener Erfahrung.

Damit haben wir ein Muster entdeckt. Ich übertreibe jetzt mal: In der Anspannung, im Streß also, scheint gar nichts mehr zu gehen, während es in einem entspannten Zustand ganz von alleine zu fließen scheint (natürlich nach dem Lernen).

Hier gleich noch eine kleine Übung:

Versetze Dich in einen Zustand der Anspannung, das heißt Du spannst alle Muskeln an und ziehst die Schultern hoch. Jetzt versuche in dieser Verfassung etwas zu lernen, zum Beispiel zehn neue Vokabeln, ein Gedicht oder ein paar Geschichtsdaten. Klappt es oder ist es schwierig?

Dann schüttle Arme und Beine aus, lasse die Schultern wieder sinken, bewege den Kopf und hüpfe solange herum, bis Du das Gefühl hast, die Anspannung abgeschüttelt zu haben. Nun entspanne Dich. Atme in den Bauch hinein, lasse die Schultern locker hängen und spüre gut Deine Füße. Lächle auch ein bißchen, das entspannt die Gesichtsmuskeln. Jetzt versuche wiederum in dem entspannten Zustand etwas Neues zu lernen, zum Beispiel zehn andere Englischvokabeln. Wie hat dieser Versuch geklappt? War er leichter oder schwieriger als der erste? Vermutlich wirst du wie viele andere Kinder – und auch Erwachsene – erlebt haben, daß es beim zweitenmal besser ging, oder? Wenn nicht, versuche es gleich noch mal.

Durch die Übungen lernst Du, die Entspannung selbst herbeizuführen und bist dadurch schwierigen Situationen nicht hilflos ausgeliefert, sondern kannst besser mit ihnen umgehen.

Entspannungsgeschichten

Jede Entspannungsgeschichte hat zwei Teile: Der Einleitungsteil leitet zum "Ruhigwerden" an. Er ist so aufgebaut, daß er Dich in einen tiefen Zustand der Entspannung führt. Dazu dienen Entspannungsformeln wie

* Atem fließt ruhig und gleichmäßig
* Arme und Beine sind ganz schwer
* Arme und Beine sind ganz warm
* Kopf ist kühl und klar

Solche Formeln gehen auf das AUTOGENE TRAINING von Prof. J. H. Schultz zurück. Hier werden sie jedoch freier eingesetzt als im klassischen autogenen Training. Doch manchmal stammen die Übungen auch aus anderen Entspannungsmethoden. Ich habe verschiedene Einleitungen zur Entspannung gewählt, damit Du selbst herausfinden kannst, welche Art Dich am meisten anspricht. Nachdem Du das festgestellt hast, bleibe bei Deiner Entspannungsform. Die Geschichten sind so aufgebaut, daß Du die Einleitungsteile und die Phantasiereisen ganz verschieden miteinander verknüpfen kannst.

Der zweite Teil handelt von einer Phantasiereise, die den Entspannungszustand noch verstärkt. Außerdem ist hier noch viel Raum für Deine Phantasie gelassen. Du kannst völlig frei Deinen Lieblings- oder Wunschvorstellungen nachgehen. Ein Mädchen aus einem Entspannungskurs sagte, daß sie bei den Phantasiereisen die Welt mit anderen Augen sehe.

Dann gibt es noch einen Schlußteil. Hier erhältst Du Anleitungen zur RÜCKNAHME der Entspannung. Dies ist wichtig, damit Du wieder frisch und fit in die Gegenwart zurückkommst.

Wie wird geübt?

Zunächst überlege Dir einen **Zeitpunkt**, an dem Du möglichst jeden Tag ungestört ungefähr 5 bis 10 Minuten üben kannst. Wenn du nämlich jeden Tag zur selben Zeit übst, verstärkt sich die Wirkung der Entspannung, weil sich Dein Körper zeitlich darauf einstellt. Das ist wie mit dem Essen: wenn Du gewöhnt bist, jeden Tag zur selben Zeit zu essen, stellt sich Dein Magen darauf ein und erinnert Dich an die Essenszeit.

Laß Dir genügend Zeit für die Entspannung. Auch wenn Du nur 10 Minuten übst, solltest Du möglichst nicht innerlich unter Zeitdruck stehen. Zeitdruck macht eng und steht somit im Gegensatz zur Entspannung, die weit macht. Deshalb empfehle ich für das Üben zu Hause, Dir ungefähr eine halbe Stunde Zeit zu nehmen.

Regelmäßiges Üben führt dazu, daß Du schon bald einen Erfolg bei den Entspannungsübungen spürst. Wie Schreiben, Lesen, Schwimmen oder Radfahren ist auch das Sich-entspannen-Können eine Fähigkeit, die erlernbar ist. Und so trifft auch hier wie bei anderen Fertigkeiten zu, daß die Anfangsphase nicht immer leicht ist: da braucht's ein bißchen Geduld und Ausdauer.

Erinnere Dich einmal daran, wie Du Lesen gelernt hast: Es brauchte viel Zeit, bis Du jeden einzelnen Buchstaben kanntest. Dann wurden zunächst zwei, drei Buchstaben miteinander verbunden und schließlich ganze Wörter. Was anfangs mühsam war, ging im Laufe der Zeit immer besser und schließlich mühelos. So ist es auch mit der Entspannung: Mit jedem Mal, das Du übst, wirst Du Dich besser entspannen können, bis Du schließlich in der Lage bist, Dich zum Beispiel auch in ein paar Minuten vor einer

Klassenarbeit innerlich zu sammeln und ruhig zu werden.
Ein anderer Punkt betrifft den **Ort** zum Üben. Das kann eine bequeme Ecke im Wohnzimmer oder Dein eigenes Zimmer sein. Wichtig ist, daß Du ungestört bist und daß es ein gemütliches Plätzchen ist, an dem Du Dich wohl fühlst.

Eine weitere Voraussetzung für die Entspannung ist **bequeme Kleidung**. Kein Kleidungsstück sollte irgendwo zwicken oder zwacken.

Die **Übungshaltung** kann im Liegen oder im Sitzen sein. Im Liegen kann man sich anfangs leichter entspannen. Doch solltest Du später auch die Entspannung im Sitzen üben. Denn diese Haltung kannst Du in Deinem Alltag öfters einsetzen (Wo kann man sich in der Schule schon im Liegen entspannen?).

Bei der Entspannung im **Liegen** legst Du Dich bequem auf den Rücken und schließt Deine Augen. Die Arme liegen entspannt an den Seiten oder auf dem Bauch. Die Füße fallen locker auseinander.

Zum Entspannen im **Sitzen** setzt Du Dich ganz gerade auf einen Stuhl. Die Füße stehen etwa schulterbreit mit der ganzen Fußsohle fest auf dem Boden. Spüre zunächst den Kontakt Deiner Füße mit dem Boden und laß den Kontakt sich verstärken. Lege Deine Arme auf die Oberschenkel. Die Hände sind dabei geöffnet. Du kannst Deinen Kopf entweder gerade halten oder ihn locker nach vorne fallen lassen. Wenn Dir jedoch eine andere Haltung angenehmer ist, dann nimm diese ein. Das einzig Wichtige ist, daß Du Dich gut entspannen kannst.

Nun kommt die **Entspanungsgeschichte** selbst. Am schönsten ist es natürlich, wenn Du jemanden findest, der sie Dir langsam vorliest. Oder Du sprichst sie langsam auf eine Kassette und hörst sie Dir dann an. Eine weitere Möglichkeit ist die, daß Du Dir zuerst die Geschichte ein paarmal durchliest und sie Dir dann still und mit geschlossenen Augen vorstelist. Bereits nach wenigen Übungen wirst Du die Entspannungsformeln kennen und auch herausgefunden haben, welche Dich am meisten ansprechen. Dann kannst Du bei diesen bleiben und jede Geschichte damit einleiten. Das Aufschreiben Deiner Lieblingsformeln unterstützt Dich, bis Du sie auswendig kannst. Nun zum Schluß noch ein paar Anregungen, wie Du **Deine Übungsform** entwickeln kannst. Wie bereits beschrieben, wählst Du zunächst von den einleitenden Entspannungsformeln die aus, die Dir am besten gefallen. Für die Kurzform der Entspannung, wie Du sie zum Beispiel für die Schule brauchst, reichen diese auch aus.

Vielleicht findest du auch eine eigene **Zauberformel** für die Entspannung, wie zum Beispiel

* ich bin in jeder Situation ganz entspannt und gelöst

* ich fühle mich ganz sicher und geborgen

* ich bin ruhig und meine Gedanken fließen

* Ruhe durchströmt mich

Jeder Satz oder jedes Wort, das Dich anspricht und Dir Ruhe vermittelt, ist dazu geeignet. Wichtig ist nur, daß Du den Satz positiv formulierst: Also nicht "ich bin nicht mehr nervös", sondern "ich bin ruhig und gelassen". Wenn Du eine Entspannungs-Zauberformel für Dich gefunden hast, dann bleibe dabei. Denn jedes Mal, wenn Du sie anwendest, verstärkt sich ihre Kraft. Das ist so wie mit einem Weg, der allmählich entsteht. Zunächst ist da noch gar nichts, und wenn Du das erste Mal zum Beispiel über eine Wiese gehst, ist das nach einer Weile nicht mehr sichtbar. Doch je öfter Du dieselbe Strecke benützt, desto mehr Spuren werden mit der Zeit bleiben, und es entsteht ein Trampelpfad. Ganz allmählich wird dann daraus ein Weg werden, der gut sichtbar und begehbar ist.

Diesen Vorgang kannst Du gut auf die Wirkungsweise von Entspannungsformeln übertragen. Je öfter sie angewendet werden, desto stärkere "Spuren" hinterlassen sie in Dir. Kopf und Körper reagieren immer mehr und besser darauf und schalten auf Ruhe um.

Ebenso kannst Du bei dem zweiten Teil der Entspannung die Geschichten nach Deinen Wünschen verändern oder eine eigene Phantasiereise erfinden.

Nun wünsche ich Dir viel Spaß und Erfolg!

Die Trauminsel

Lege Dich bequem hin und spüre die Unterlage. Lasse mit jedem Ausatmen Dein Gewicht nach unten sinken, noch schwerer, und spüre, wie Arme, Beine, Kopf, Rücken und Gesäß ganz schwer auf dem Boden aufliegen. Dein ganzer Körper ist angenehm schwer. Stelle Dir vor ...

... Du liegst auf einer schönen Sommerwiese und döst so vor Dich hin. Der Boden fühlt sich schön warm an, und die Luft riecht nach würzigem Gras. Über Dir ist ein strahlend blauer Himmel, und die Sonne scheint Dir auf den Bauch. Dein Bauch wird angenehm warm, wohlig warm. Wohlige Wärme strömt weiter in Beine und Füße, wohlige Wärme strömt in Oberkörper, Schultern, Nacken, wohlige Wärme strömt in Arme und Hände. Dein ganzer Körper ist wunderbar warm und entspannt, und Du fühlst Dich wohl.

Während Du so vor Dich hinträumst, hörst Du auf einmal ganz leise Deinen Namen. Du stehst auf und schaust Dich um, kannst jedoch niemanden entdecken. Ein leichter Windhauch kommt auf und streicht über Dein Gesicht, spielt mit Deinen Haaren und raunt Dir zu: "Komm mit, komm mit mir." Du folgst dem Wind über die Wiese, gehst an einem Bach entlang, bis Du an einen See kommst. Wieder wispert der Wind Dir ins Ohr: "Schau über den See. Dort, in der Mitte, liegt Deine Trauminsel." Jetzt kannst Du sie auch erkennen. Wie ein grüner Juwel leuchtet sie inmitten des blauen Wassers. Du steigst in das Boot, das am Ufer liegt, und wie von Zauberhand gezogen, gleitet es sanft und leise über den See.

Drüben angekommen, gehst Du auf Erkundungsgang. Schau Dir genau an, wie die Insel aussieht, ob sie hüglig oder flach ist, ob es hier Wiesen und Wälder gibt und ob sich Bäche sanft durch die Landschaft schlängeln. Beobachte, welche Pflanzen hier wachsen und welche Tiere hier leben. Vielleicht sieht alles bekannt und vertraut aus. Aber vielleicht ist auf Deiner Insel alles anders, als Du es kennst. Und wieder hörst Du Deinen Freund, den Wind, leise säuseln: "Auf Deiner Insel kannst Du alles genauso verändern, wie Du es Dir wünschst. Niemand kann Deine Insel betreten, außer Du erlaubst es. Alles ist möglich hier. Laß

Dir Zeit und schau die Insel in Ruhe an." Es ist ein gutes Gefühl, auf der Insel zu sein, an einem Ort, der genau Deinen Wünschen entspricht. Hier ist alles in Ordnung. Alle Anspannung fällt von Dir ab. Du fühlst Dich rundherum wohl und Dir ist ganz leicht und froh zumute. Voller Neugierde und Freude entdeckst Du Deine Insel. Laß Dir Zeit und genieße es einfach.

Allmählich gehst Du wieder zu dem Boot, das Dich an das andere Ufer zurückbringt. Noch einmal raunt Dir der Wind ins Ohr, daß Du Dich jederzeit auf Deine Trauminsel begeben kannst.

Dann kommst Du frisch und erholt wieder hierher in diesen Raum zurück, indem Du die Hände zu Fäusten ballst, die Arme dreimal fest anwinkelst, tief Luft holst, gähnst und seufzt, Augen öffnest und Dich reckst und streckst.

✺ ANREGUNG
Male ein Bild oder mache eine Collage von Deiner Trauminsel.
Was ist notwendig, damit Deine Trauminsel wirklich ein Ort ist, an dem Du Dich wohl fühlen kannst?

Im Regenbogenland

Lege Dich bequem hin und spüre die Unterlage. Lasse mit jedem Ausatmen Dein Gewicht nach unten sinken, noch schwerer, und spüre, wie Arme, Beine, Kopf, Schultern, Rücken ganz schwer auf dem Boden aufliegen, bleischwer. Dein ganzer Körper ist angenehm schwer. Du bist ganz ruhig und entspannt.

Stell Dir vor, daß Du auf einer schönen Sommerwiese liegst. Unter Dir spürst Du die warme Erde und riechst den Duft von Blumen und Gräsern. Über Dir ist ein strahlend blauer Himmel, an dem ein paar weiße Wölkchen langsam dahinziehen. Du läßt Dir die Sonne auf den Bauch scheinen und spürst, wie eine wunderbare, herrliche Wärme durch Deinen ganzen

Körper strömt. Sonnige Wärme strömt in Arme und Hände, sonnige Wärme strömt in Nacken, Schultern, Rücken, Bauch, sonnige Wärme strömt in Beine und Füße. Du fühlst Dich wohlig warm. Die Wärme schmilzt alle Anspannungen wie Schnee in der Sonne. Du bist ruhig und entspannt und träumst so vor Dich hin ...

Auf einmal siehst Du über Dir einen leuchtenden Regenbogen, der sich wie eine Brücke über die Erde spannt. Er scheint ganz nah und greifbar zu sein, und Du stehst auf und gehst auf ihn zu. Da, wo er die Erde berührt, sind die Farben besonders strahlend, und Du läufst einfach weiter. Zuerst tauchst Du in ein leuchtendes Gelb ein, dann in ein strahlendes Orange, in ein funkelndes Rot, in ein sanft schimmerndes Violett, in ein kräftiges Blau und schließlich in ein frisches Grün. Jetzt bist Du im Regenbogenland.

Verwundert schaust Du Dich um. Hier sieht alles ganz anders aus, alles ist bunt und farbenfroh, eine richtige Augenweide: die farbenprächtigen Blätter der Bäume und Pflanzen, das regenbogenfarbene Wasser in den Bächen, und auch die Fische darin schillern in allen Farben. Du gehst weiter, bis Du zu einem Dorf kommst. Schon von weitem leuchtet Dir die bunte Ansammlung von Häusern entgegen. Im Dorf ist gerade Markttag, und Du bestaunst die vielen Stände mit den verschiedensten Früchten und Gemüsen.

Doch die haben die merkwürdigsten Farben: Da gibt es rote und blaue, grün-lila gestreifte Bananen, Äpfel und Birnen mit bunten Tupfen. Es ist einfach wundervoll anzuschauen. Noch mehr staunst Du über die Menschen. Deren Haare sind nicht einfach nur braun oder blond, sondern rot, grün, blau. Und hier sind alle Menschen freundlich. Sie lachen Dich an, und jeder schenkt Dir etwas. So viel Freundlichkeit macht Dich ganz froh, und Dir wird's richtig warm ums Herz. Das allererstaunlichste ist, daß Du sie verstehst, ohne zu sprechen. Hier im Regenbogenland schaut man sich in die Augen, und dann weiß man, was der andere sagen möchte. Das ist ja toll, denkst Du. So einfach kann man sich also verstehen. Du bist glücklich und zufrieden und so entspannt, wie schon lange nicht mehr.

Die Zeit ist schnell vergangen. Schon geht am Horizont die Sonne unter und taucht das Land in alle Farben des Regenbogens. Erst ist alles gelb, dann orange, rot, violett, blau und schließlich grün. Du spürst, wie die Farben Dich beleben und erfrischen. Besonders das Grün erfüllt Dich ganz mit neuer Energie. Du fühlst dich zum Bäumeausreißen.

Voller Energie kommst Du wieder hierher in diesen Raum, zurück, indem Du fest Hände und Füße bewegst und Dich kräftig nach allen Seiten streckst und dehnst.

✸ ANREGUNG
Male einen schönen Regenbogen.
Wie wäre es, ein Regenbogenfest zu feiern?

Sternenhimmel

Lege oder setze Dich ganz bequem hin, laß Deinen Atem ruhig werden, immer ruhiger und ruhiger. Mit jedem Ausatmen sinkt Dein Gewicht ganz schwer nach unten, noch schwerer, und vielleicht hast Du das Gefühl, als würdest Du in eine weiche, warme Mulde sinken. Du spürst, wie der Boden Dich trägt, und Du genießt es, einfach so dazuliegen und nichts tun zu müssen. Gedanken kommen und gehen. Du fühlst Dich angenehm schwer und bist ganz ruhig und entspannt. Stelle Dir vor ...

Es ist eine warme, dunkelblaue Sommernacht, und Du gehst am Strand spazieren. Unter Deinen Füßen spürst Du den feinen, weichen Sand, der noch ganz warm ist von dem langen Sommertag. Du schlenderst langsam weiter und spürst, wie der Sand bei jedem Schritt etwas nachgibt. Die Luft riecht nach dem salzigen, frischen Meer, und Du spürst den Wind über Dein Gesicht streichen und mit Deinen Haaren spielen.

Du schaust auf das Meer hinaus – eine glatte, ruhige Fläche. Eine große Stille liegt über dem Meer. Ruhe und tiefer Frieden ist um Dich herum, und Du spürst diese Ruhe auch in Dir. Du bist ruhig und gelöst und fühlst Dich wohl. Du hockst Dich nieder, schöpfst mit beiden Händen Wasser und läßt es langsam durch Deine Finger fließen. Angenehm kühl fühlt es sich an. Dann schaust Du zum Himmel hinauf. Er ist von abertausenden leuchtenden Sternen übersät. Wie ein schützendes Dach aus dunkelblauem Samt spannt sich der Himmel über Dir. Geborgenheit breitet sich in Dir aus. Da siehst Du mit einem Mal eine Sternschnuppe, wie sie in einem großen, weiten Bogen vom Himmel herunterfällt, ins Meer hinein. Schnell wünschst Du Dir etwas ...

Du gehst weiter zu einer Düne. Dort legst Du Dich in den weichen, warmen Sand. Du spürst die Schwere in Deinen Armen und Beinen, in Deinem ganzen Körper. Ein wunderbares Gefühl von Gelöstheit und Entspanntsein durchströmt Dich. Und Du träumst, wie Dein Wunsch in Erfüllung geht, malst es Dir in allen Einzelheiten aus ...

Nun kommst Du langsam wieder hierher in diesen Raum zurück, indem Du Hände und Füße bewegst,

Augen öffnest, tief Luft holst, gähnst und Dich kräftig reckst und streckst.

✸ ANREGUNG

Gibt es eine Musik, die diese Stimmung ausdrückt? Du kannst sie dann spielen lassen, während Du Dich dieser Phantasiegeschichte überläßt.

Kennst Du einige der vielen Sternbilder? Wie zum Beispiel den "Kleinen Bären", dessen Schwanzspitze der Polarstern ist? Oder den "Drachen", der sich um den Rumpf des "Kleinen Bären" windet

Mein Krafttier

Setze oder lege Dich bequem hin, schließe Deine Augen und nimm Deine Aufmerksamkeit nach innen. Beobachte Deinen Atem, wie Du ruhig ein und ausatmest, wie sich Dein Bauch hebt beim Einatmen und senkt beim Ausatmen, hebt und senkt. Bei jedem Ausatmen breitet sich die Entspannung allmählich weiter aus: auf Dein Gesicht, Nacken, Schultern, Arme und Hände, Oberkörper, Bauch, Beine und Füße. Und Du läßt mit jedem Ausatmen die Entspannung sich noch mehr vertiefen. Du wirst immer ruhiger. Du bist völlig gelöst und entspannt.

Stell Dir vor, Du läufst über eine Wiese und spürst den warmen Boden unter Dir. Du kannst das

Gras unter Deinen Füßen spüren. Ein leichter Windhauch streicht über Dein Gesicht und spielt mit Deinem Haar. Die Luft riecht nach Sommer, Gras und Erde.

In der Ferne ist ein Wald, und auf einmal bemerkst Du am Waldrand eine Bewegung. Neugierig gehst Du langsam darauf zu. Je näher Du kommst, desto deutlicher kannst Du ein Tier erkennen. Es scheint auf Dich zu warten. Bald kannst Du das Tier genau wahrnehmen. Jetzt seid ihr euch gegenüber. Ruhig, gelassen und ganz ohne Furcht betrachtet ihr euch gegenseitig. Du hast das Gefühl, daß Du dieses Tier schon lange kennst und daß ihr euch ohne Worte versteht. So erfährst Du von dem Tier, wie es lebt, welche Gewohnheiten es hat, was es mag und was nicht. Dann überreichst Du ihm ein kleines Geschenk, das Du aus Deiner Tasche ziehst.

Auch das Tier schenkt Dir etwas. Das kann etwas zum Anfassen sein oder auch etwas ganz anderes, das Du gerade jetzt gut gebrauchen kannst: vielleicht verrät es Dir das Geheimnis seiner Eigenschaften und wie Du sie erwerben kannst. Du lernst etwas über Schnelligkeit, Ausdauer, Geduld, Mut, Kraft, Vorsichtigkeit oder Schlauheit. Froh bedankst Du Dich für das Geschenk bei Deinem Krafttier, und ihr verabschiedet euch voneinander.

Langsam kommst Du wieder hierher in diesen Raum zurück, indem Du die Hände zu Fäusten ballst, Arme dreimal fest anwinkelst, tief Luft holst, gähnst, Augen öffnest und Dich reckst und streckst.

✳ ANREGUNG

Was weißt Du über Indianer, ihre Lebensweise, ihre Bräuche ...?

Kennst Du Indianernamen?

Oft wurden die Indianer nach Tieren benannt. Der Name drückt eine Eigenschaft aus, die für den Menschen bedeutsam ist: entweder weil er diese Eigenschaft schon besitzt oder weil er sie sich im Laufe seines Lebens erwerben soll.

Überlege, welche Eigenschaft eines Tieres gerade jetzt für Dich wichtig wäre. Suche Dir einen Indianernamen aus.

Wenn Du Dir einen Indianernamen gibst, kannst Du eine kleine Zeremonie machen: Bemale Dein Gesicht und schmücke Dich mit Federn.

Kennst Du den Indianergang? Versuche so vorsichtig zu schleichen, daß Dich auch nicht das leiseste Geräusch verrät.

Stern des Mutes

Lege oder setze Dich bequem hin. Mache es Dir richtig gemütlich. Hole ein paarmal tief Luft und atme mit einem lauten Seufzer aus. Mit jedem Seufzer läßt Du alles los, was Dich vorher beschäftigt hat. Dein Atem wird ruhig und sanft, so sanft, wie wenn Du Seifenblasen machen würdest. Du schließt Deine Augen und lauschst Deinem Atem.

Du wirst ganz ruhig. Die Arme liegen ganz schwer auf der Unterlage. Hebe die Arme leicht an und laß sie wieder sinken. Jetzt liegen sie noch schwerer auf der Unterlage. Hebe Deine Beine leicht an und laß sie langsam wieder auf den Boden sinken. Die Beine liegen ganz schwer auf der Unterlage. Hebe nun

Deinen Kopf etwas an und laß ihn wieder sanft sinken. Der Kopf liegt nun ganz schwer auf der Unterlage. Der ganze Körper ist angenehm schwer. Ruhe breitet sich in Dir aus. Du bist ganz ruhig und gelöst.

Nun stell Dir vor, daß vor Dir ein Raumschiff landet. Wie von geheimer Hand gesteuert, öffnet sich die Tür, und eine freundliche Stimme lädt Dich ein, mit zu dem "Stern des Mutes" zu fliegen. Neugierig und voller Erwartung steigst Du ein. Sachte hebt das Raumschiff ab, und schon bald gleitet ihr schwerelos durch das Weltall. Es dauert nicht lange und das Raumschiff setzt sanft zur Landung an. Beim Aussteigen siehst Du viele Kinder, die Dich begrüßen. Es sind Kinder jeden Alters und jeder Hautfarbe. Ein Kind tritt hervor und heißt Dich willkommen: "Fein, daß Du da bist. Wir üben hier auf diesem Stern, mutig zu sein. Jeder lernt das zu tun, wovor er am meisten Angst hat."

"Komm", rufen die Kinder, "wir fangen gleich an." Sie nehmen Dich in ihre Mitte und führen Dich zu einem hohen Baum. Hier sollst Du hochklettern. Die Bäume, die Du kennst, sind doch um einiges kleiner, und ein bißchen Herzklopfen hast Du schon. Aber ein kleines Mädchen macht es Dir vor und, angespornt von ihrem Lachen, kletterst Du ihr nach. Im Wipfel oben angekommen, fühlst du Dich großartig. Von unten lachen und rufen Dir die Kinder zu. Dann kletterst Du wieder hinunter, was ganz einfach ist.

Und es geht weiter zur nächsten Aufgabe. Nun sollst Du in einen dunklen Keller gehen, um dort etwas zu holen. Auch dies gelingt Dir mit Hilfe und

Unterstützung der Kinder. Du spürst, wie Du Dich mit jeder bestandenen Mutprobe stärker fühlst. Schließlich fordern sie Dich auf zu sagen, welches die schwierigste Aufgabe für Dich sei. Jetzt stelle Dir die schwierige Situation in allen Einzelheiten vor und auch wie die anderen Kinder Dich unterstützen und Dir Mut machen. Was Dir so schwer erschien, wird etwas einfacher. Es geht zwar noch nicht so ganz mühelos, aber Du hast es geschafft und Du bist stolz auf Dich. Alle Kinder gratulieren Dir und klopfen Dir auf die Schultern. Jetzt sei es Zeit, Deinen Mut zu feiern, teilen sie Dir mit.

Sie haben ein wunderschönes Fest für Dich vorbereitet, mit köstlichen Getränken und leckerem Essen. Anschließend wird gesungen und getanzt. Als es Zeit wird, Dich zu verabschieden, sagen die Kinder: "Du kannst jederzeit wieder zum Üben kommen. Du brauchst nur an uns zu denken, und schon kommt das Raumschiff, Dich abzuholen." Du bedankst Dich bei Ihnen und winkst Ihnen noch durch das runde Raumschiffenster zu.

Schon schwebt ihr wieder durch das Weltall. Der blaue Planet Erde kommt immer näher, und Du erkennst die Meere und die Kontinente.

Sacht landet das Raumschiff, und Du kommst wieder hierher, an diesen Ort zurück, indem Du tief Luft holst, gähnst, Augen öffnest, nochmals alle Muskeln kräftig anspannst und Dich reckst und streckst. Du spürst diesen neuen Mut in Dir und bist sehr zufrieden.

✶ ANREGUNG

Male Dir aus, wie es auf dem "Stern des Mutes" aussieht.

Wenn es wieder einmal eine schwierige Situation in Deinem Leben gibt, dann stelle Dir vor, wie Du sie so lange auf dem "Stern des Mutes" übst, bis sie ganz einfach für Dich geworden ist. Außerdem kann es Dir schon helfen, daran zu denken, wie Dich die Kinder dabei ermutigen.

Der Zaubermantel

Lege oder setze Dich ganz bequem hin. Nimm Deine Aufmerksamkeit nach innen, indem Du die Augen schließt. Komm bei Dir selber an. Dann hole einmal tief Luft und atme mit einem Seufzer aus, noch mal tief Luft holen und mit einem Seufzer ausatmen. Alles, was Dich bedrückt, belastet, ärgert oder Dich traurig macht, nimmt der Seufzer mit sich und trägt es davon. Spür noch einmal, was geschieht: tief Luft holen und langsam mit einem Seufzer ausatmen.

Genieße das Gefühl der Erleichterung. Dann laß Deinen Atem ruhig werden, ganz ruhig und sanft. Das ruhige Atmen beruhigt auch Deine Gedanken. Du fühlst, wie Du mit jedem Atemzug ruhiger wirst.

Stell Dir vor, Du bist in einem wunderschönen, alten, geheimnisvollen Garten. Überall blühen Blumen in den prächtigsten Farben. Ein süßer Duft liegt über dem Garten. Bienen summen, Schmetterlinge schaukeln von Blume zu Blume, und viele Vogelstimmen erfüllen die Luft. Am meisten jedoch beeindrucken Dich die alten, stattlichen Bäume. Einer gefällt Dir besonders gut. Du gehst auf ihn zu und betrachtest ihn aufmerksam. Er ist groß und stark und hat viele knorrige Äste. Mit Deinen Händen befühlst Du die Rinde. Sie ist rauh und rissig. Während Du so dastehst, an den Baum gelehnt, und nach oben in den Wipfel schaust, meinst Du, ein Wispern zu hören. Tatsächlich, auf einmal kannst Du das Flüstern verstehen: unter den Wurzeln des Baumes sei ein Schatz vergraben.

Du fängst an, mit Deinen Händen zu graben. Angenehm kühl fühlt sich die Erde an. Bald schon stößt Du auf etwas Festes. Du nimmst es heraus. Es ist ein kleines, uraltes Kästchen. Vorsichtig öffnest Du den Deckel. Wieder kannst Du das Wispern in den Ästen hören: 'Dies ist ein Zaubermantel. Jeder, der ihn trägt, wird ganz mit Mut erfüllt.' Neugierig nimmst Du den Zaubermantel heraus. Er ist leicht wie Luft und glänzt, als sei er aus lauter Sonnenstrahlen gewebt. Du hängst ihn Dir um und fühlst, wie sogleich Mut, Kraft und Vertrauen in Dir wachsen. Das fühlt sich gut an. Laß das Vertrauen und den Mut in Dir noch stärker werden.

Nun stelle Dir eine Situation vor, die schwierig für Dich ist, in der Du vielleicht Angst hast. Manchmal hat man Angst, alleine zu Hause zu sein oder im

Dunkeln zu schlafen. Oder Du fürchtest Dich vor einer Klassenarbeit oder bist unsicher einem Lehrer oder einem Mitschüler gegenüber. Stell Dir die Situation genau vor und fühle, wie Dein Zaubermantel Dich beschützt. Du bleibst ganz ruhig und gelassen. Du bist mutig und weißt genau, was zu tun ist. Prima, es klappt schon ganz gut. "Das werde ich jetzt immer probieren", denkst Du. "Immer wenn es schwierig wird, stelle ich mir vor, wie ich den unsichtbaren Zaubermantel anziehe." Dann legst Du ihn zurück in das Schatzkästlein und stellst es an einen sicheren Ort.

Voller Mut und Vertrauen kommst Du hierher in diesen Raum zurück, indem Du die Hände zu Fäusten ballst, Arme dreimal fest anwinkelst, tief Luft holst, gähnst, Augen öffnest und Dich reckst und streckst.

✸ ANREGUNG
Probiere einmal aus, wie es ist, wenn Du ängstlich bist: Wie gehst Du dann? Wie hältst Du den Kopf? Wie ist Deine Stimme?
Und anschließend das Gegenteil: Wie gehst Du, wenn Du mutig bist? Wie hältst Du dann den Kopf? Wie ist Deine Stimme? Probiere einen Mutgang.
Baum-Meditation:
Hast Du schon einmal die Kraft eines Baumes gespürt? Es ist ganz einfach. Suche Dir einen schönen, großen Baum aus. Gehe hin zu ihm und nimm Kontakt mit ihm auf, indem Du ihn Dir genau betrachtest und befühlst. Dann kannst Du ihn umarmen oder Dich einfach an ihn lehnen. Wenn Du eine Weile so bleibst, wirst Du seine Kraft spüren. Lasse diese Kraft in Deiner Vorstellung auch durch Dich fließen.

Die Reise mit dem Delphin

Du liegst in einer Hängematte, die zwischen zwei Laubbäumen gespannt ist. Sanft wiegst Du Dich hin und her. Um Dich herum ist Ruhe, nur das leichte Rascheln der Blätter und ein sanftes Raunen des Windes ist zu hören. Auch in Dir breitet sich Ruhe aus. Du genießt das sanfte Hin- und-her-Schaukeln und spürst, wie Du Dich immer mehr entspannst. Du träumst ...

... daß Du am Meeresstrand spazierengehst. Unter Deinen Füßen spürst Du den feinen, weichen, warmen Sand. Gemächlich läufst Du weiter. Es macht Spaß, barfuß zu laufen. Eine sanfte Brise weht vom Meer her und macht den Kopf kühl und klar. Die Luft riecht nach Salz und Weite. Tief atmest Du die frische Seeluft ein und aus, ein und aus, und Dein Atemrhythmus wird eins mit dem Rhythmus des Meeres. Der gleichmäßige Wellenschlag läßt Dich noch ruhiger werden. Dein Blick wandert auf das Meer hinaus, dessen Oberfläche leicht gekräuselt ist. Sonnenstrahlen fallen ins Wasser und blinken auf wie kleine Meeressterne. Auf einmal siehst Du einen Delphin aus dem Wasser hochspringen. Er schwimmt auf Dich zu und macht allerlei Kunststücke für Dich. Schnell ziehst Du den Taucheranzug an, der am Strand liegt und watest bis zum Bauch ins Wasser. Nun ist der Delphin ganz nahe. Er scheint Dir zuzulächeln und Dich aufzufordern mitzukommen. Du packst seine Rückenflosse, und los geht die Reise. Leicht und schwerelos gleitet ihr durch das blaue Wasser. Es ist ein herrliches Gefühl. Du fühlst Dich ganz frei und glücklich. Unter euch siehst Du Fischschwärme in leuchtenden Farben, die sofort und blitzschnell die Richtung wechseln, wenn ihr über sie hinwegschwimmt. Dann taucht der Delphin, und nun schwimmt ihr über eine zauberhafte Landschaft aus Meerespflanzen und Seetang, die sich sanft hin und her wiegen.

Am Meeresboden entdeckst Du eine Seegurke, die Nahrung sammelt, und ein paar Seesterne, die einfach nur faulenzen. Bald kommt ihr zu einem wunderbaren, malerischen Korallenriff. Rote Zauberbäumchen bewegen sich sachte in dem klaren, blaugrünen Wasser hin und her. Hier herrscht ein buntes Leben und Treiben. Bunte Papageienfische und wunderschöne, lilafarbene Fahnenbarsche mit einem leuchtend gelben Streifen auf dem Rücken und blauen Flossen schwimmen geschäftig durch die Korallen. Der Delphin schwimmt mit Dir zum Eingang einer Höhle. Sie ist groß und geräumig, und Du staunst über die eigenartigen Formen. Du steuerst direkt auf die Mitte der Höhle zu, wo eine schwere, alte Holztruhe, die mit Messingringen beschlagen ist, steht. Vorsichtig hebst Du den Deckel an und bist überwältigt. Du hast einen Schatz entdeckt, einen richtigen Schatz. Schau genau hin, wie Dein Schatz aussieht: enthält er viele oder wenige Dinge, große oder kleine, nützliche, praktische, schöne, glänzende, glitzernde? Vielleicht enthält die Schatztruhe etwas, das Du Dir schon lange gewünscht hast? Du nimmst das Seil, das an Deinem Gürtel hängt, und bindest es um die Truhe. Dann hältst Du Dich wieder an dem Delphin fest, und die Rückreise beginnt.

Wieder gleitet ihr langsam und leicht durch das Wasser. Es ist ein wunderbares Gefühl von Losgelöstsein und Freiheit. Bald seid ihr am Ufer angelangt, und Du bedankst Dich bei dem Delphin und verabschiedest Dich. Dann gehst Du ans Ufer zurück und ziehst den Taucheranzug aus. Beschwingt und voller Freude läufst Du am Strand entlang. Fröhlich winkst Du noch einmal dem Delphin zu.

Allmählich kommst du wieder hierher in diesen Raum zurück, indem Du die Hände zu Fäusten ballst, tief Luft holst, gähnst, Augen öffnest und Dich kräftig reckst und streckst. Du fühlst Dich frisch und munter wie nach einem erholsamen Schlaf.

✱ ANREGUNG
Bastle Dir selbst eine kleine Schatzkiste: Nimm einen Karton, beklebe oder bemale ihn hübsch und lege Dinge hinein, die Dir besonders wichtig oder lieb sind.

Das Spiel der Delphine

Lege oder setze Dich bequem hin und spüre die Kontaktstellen Deines Körpers mit der Unterlage. Wie liegen die Fersen auf, die Waden, Kniekehlen, Oberschenkel, Gesäß, Rücken, Schultern, Arme, Hände, Nacken und Hinterkopf? Laß Dein Gewicht an den Kontaktstellen nach unten sinken. Ganz schwer sinkt das Gewicht nach unten, noch schwerer, und vielleicht hast Du das Gefühl, als würdest Du in eine weiche, warme Mulde sinken. Richte Deine Aufmerksamkeit nach innen und nimm in Deinem Innenraum die verschiedenen Rhythmen des Körpers wahr: den Herzrhythmus, den Atemrhythmus. Nimm sie einfach wahr, ohne etwas zu verändern. Alles ist gut so, wie es ist. Stelle Dir vor ...

... es ist ein wunderschöner, warmer Sommertag und Du bist am Meer. Ohne etwas Bestimmtes im Sinn zu haben, schlenderst du am Strand entlang und genießt den schönen Tag. Die Luft ist klar und frisch, und es weht eine leichte Brise. Auf Deinen Lippen spürst Du den salzigen Geschmack des Meeres. Du atmest ein paarmal kräftig durch und spürst, wie Du frei und weit wirst. Unter Deinen Füßen spürst Du den weichen, warmen Sand. Dein Blick schweift über Dünen und über die glatte, ruhige Oberfläche des Meeres.

Da entdeckst Du weit draußen Punkte, die sich schnell in Richtung Strand bewegen. Immer wieder schnellen sie in hohem Bogen durch die Luft, um dann wieder in die Wellen einzutauchen, oder sie reiten hochaufgerichtet auf der Schwanzflosse. Es ist eine kleine Herde Delphine, wie Du voller Freude feststellst. Einer davon schwimmt auf Dich zu und begrüßt Dich mit allerlei zwitschernden und pfeifenden Tönen. Du watest ins Wasser, und mit einem freundlichen Stups fordert der Delphin Dich zum Spielen auf. Du hältst Dich an seiner Rückenflosse fest und läßt Dich zu den übrigen Delphinen ziehen. Es ist ein unbeschreiblich herrliches Gefühl, so sanft und schwerelos durch das blaue Wasser zu gleiten. Es macht Riesenspaß, sich mit den Delphinen im Wasser zu tummeln, die unter Dir hindurchtauchen oder über Dich hinwegspringen. Du fühlst Dich wohl wie ein Fisch im Wasser ... Nach einer Weile bringt Dich der Delphin wieder an den Strand zurück. Zum Abschied klappert er mit seinem Schnabel. Du winkst ihm zu und bedankst Dich für diese wunderbare Erfahrung.

Am Strand suchst Du Dir eine weiche Mulde in einer Düne und ruhst noch bißchen aus. Arme, Beine, Kopf, der ganze Körper ist angenehm schwer vom vielen Herumtollen. Du überläßt Dich ganz dieser angenehmen Schwere ... Sonnenwärme strömt in Deinen Körper und breitet sich immer mehr aus. Du genießt dieses wundervolle Gefühl der Wärme. Vollkommen entspannt liegst Du einfach nur da.

Langsam spürst Du, wie Arme und Beine wieder leichter werden, wie neue Energie durch Dich strömt. Erquickt und gestärkt kommst Du wieder hierher in diesen Raum zurück, indem Du die Hände zu Fäusten ballst, Arme kräftig anwinkelst, tief Luft holst, gähnst, Augen öffnest und Dich reckst und streckst.

✱ ANREGUNG
Was weißt Du über das Leben von Delphinen?

Literaturempfehlungen

Beudels, Wolfgang u.a.: ... das ist für mich ein Kinderspiel. Handbuch zur psychomotorischen Praxis. Dortmund, 1995. 2. Auflage
Dürckheim, Karlfried, Graf: Vom doppelten Ursprung des Menschen. Freiburg i. Breisgau, 1985; 9. Auflage
Friedrich, Sabine/ Friebel, Volker: Entspannung für Kinder. Übungen zur Konzentration und gegen Ängste. Reinbek bei Hamburg, 1989
Ferrucci, Piero: Werde, was du bist. Selbstverwirklichung durch Psychosynthese. Reinbek bei Hamburg, 1986
Gruen, Arno: Der Verrat am Selbst. München, 1986
Kast, Verena: Imagination als Raum der Freiheit. Dialog zwischen Ich und Unbewußtem. Olten, 1991; 4. Auflage
Leuner, Hanscarl: Lehrbuch des katathymen Bilderlebens. Bern, Stuttgart, Toronto, 1989
Mittermair, Franz: Körpererfahrung und Körperkontakt. Spiele, Übungen und Experimente für Gruppen, Einzelne und Paare. München, 1992; 2. Auflage
Müller, Else: Du spürst unter Deinen Füßen das Gras. Autogenes Training in Phantasie- und Märchenreisen. Vorlesegeschichten; Frankfurt/M, 1983
Müller, Else: Auf der Silberlichtstraße des Mondes. Autogenes Training mit Märchen zum Entspannen und Träumen. Frankfurt/M., 1988
Rücker-Vogler, Ursula: Yoga und Autogenes Training mit Kindern. München, 1991; 2. Auflage
Schottenloher, Gertraud: Kunst- und Gestaltungstherapie. Eine praktische Einführung. München, 1989

Teml, Helga und Hubert: Kommt mit zum Regenbogen. Phantasiereisen für Kinder und Jugendliche. Linz, 1993; 3. Auflage
Vollmar, Klausbernd: Autogenes Training mit Kindern. München, 1994.

Anmerkungen

(1) Anfangs ließ ich mich hauptsächlich von den beiden Büchern von Frau Else Müller (s. Literatur) zu eigenen Geschichten inspirieren. Impulse zu anderen Geschichten erhielt ich auf Fortbildungen oder durch die Kinder.

(2) vgl. Kapitel IV (...) Die Bedeutung der Stimulation für das Lebendigsein. S. 115 -128. In: Arno Gruen, Der Verrat am Selbst. München, 1986.

Doris Ohmer,

Jahrgang 1957, Gymnasiallehrerin für Deutsch und Englisch. Von 1987 bis 1993 Schulung in Initiatischer Therapie (Karlfried Graf Dürckheim) in Todtmoos-Rütte. Aus- und Fortbildungen in Autogenem Training, Imagination und Tai Chi. Heilpraktikerin.

Dies bildet die Grundlage für ihre Einzel- und Gruppenarbeit. Dabei sind die Entspannungsübungen für Kinder aller Altersstufen ein Schwerpunkt ihrer Tätigkeit.

Linderhof: Seminare & Urlaub
Institut für Bewußtseinstraining

Ein Wochenende für Kinder
Familienaufstellungen
Vollwertküche
Natürliches Bauen - gesundes Wohnen
Textilkunst, Yoga und Selbsterfahrung
Astrologie, Energiearbeit

Leiter: Reinhard Lier, Heilpraktiker
Fordern Sie ausführliche Informationen an:
Institut für Bewußtseinstraining /LIER-VERLAG
Pf. 1206, D-88169 Weiler im Allgäu
Tel. 08387-8601; Fax: 8409

Im LIER-VERLAG sind weiterhin erschienen:
(Bezug über den allg. Buchhandel oder Direktversand)

Bratwurscht

Erlebnisbericht einer Eß- und Brechsüchtigen, die den Wahnsinn dieser Krankheit durchbrach

von

Christin McQueen

Christin McQueen, Jahrgang 1948, wurde mit 14 Jahren eß- und brechsüchtig. 30 Jahre lang durchwanderte sie die Untiefen dieser zerstörerischen Krankheit, an der mehr und mehr Frauen und neuerdings auch Männer unerkannt leiden. Fest in den Fängen des Suchtprozesses, zerbrach immer wieder das, was sie sich mühevoll aufgebaut hatte. Die Sehnsucht nach Liebe und Erlösung führte sie auf abenteuerlichen Wegen nach Indien zu Baghwan, später nach Amerika und in viele andere exotische Länder und Gemeinschaften.

Ihr Heißhunger war ein doppelter: zum einen Essen, Erbrechen, Weiteressen und erneutes Erbrechen. Zum anderen der Hunger nach Wahrheit, Liebe, Erleuchtung. Die Sehnsucht gesättigt, befriedigt, rund und heil zu sein, keinen Mangel mehr zu erleiden, trieb Christin McQueen ihrer inneren, ureigensten befreienden Wahrheit unaufhaltsam entgegen.

Die Autorin beschreibt ihren Weg sehr lebendig, ehrlich und einfühlsam. Die Tragödie des Suchtprozesses zeigt sich oft genug als menschliche Komödie, die am Ende mittels einfacher Bewußtseinsprozesse aufgelöst wird.

Ca. 360 Seiten, kartoniert; LIER-VERLAG

Hilfe, das Kind bringt mich zur Verzweiflung

Chaoskinder oder Herausforderer zum Umdenken

von Sonja Angela Kirschninck
Einsichten, Erfahrungen und Lernschritte
einer Lehrerin und Mutter

120 Seiten, kartoniert; LIER-VERLAG

Spirituelle Individuation

> Wahre Selbstliebe
> als Bedingung für
> echte Nächstenliebe
> oder
> "Von der Hochzeit
> zwischen
> Himmel und Erde
> in der Seele des
> Menschen"

Reinhard Lier

Institut für Spirituelle Individuation

LIER-VERLAG

Reinhard Lier

Augenblicke des Erwachens

Wahrnehmungen auf dem Weg
in die Liebe

LIER VERLAG

Höre die Stimme der Stille

Ein Meditationsbuch über Engel in Wort und Bild
von Dagmar Ruth Becher und Reinhard Lier

LIER VERLAG

Höre die Stimme der Stille
Ein Meditationsbuch über Engel in Wort und Bild
72 Seiten mit 32 Monochrom-Fotographien (türkis)

Sterben im Zeichen der Wandlung

Gedanken zur seelischen Betreuung Sterbender
und zum Leben im Jenseits

Reinhard Lier

LIER-VERLAG

Religiöser Gruppenwahn und Endzeit-Hysterie

-

Ein Beispiel

-

Ein Aufruf zu geistiger Nüchternheit
und individueller Wahrheitssuche

von

Reinhard Lier

LIER-VERLAG